ELİF

Serçe Kuşu Benekli

Allah'ın Alîm ismini öğreniyor

Allah'ın İsimlerini Öğreniyorum

Yazan: Nur KUTLU
Resimleyen: Süleyman ÖZKONUK

Genel Yayın Yönetmeni: Emine EROĞLU
Editör: Şebnem KANOĞLU
İç Tasarım: Hatice ÇEVİK
Kapak Tasarımı: Ravza KIZILTUĞ

Sevgili Eğitimciler ve Ebeveynler;

Çocuklarımızın inanç kavramı ile erken yaşta tanışmaları, yetişkin bir birey olduklarında yaşamlarını bu kavramla anlamlandırmaları adına büyük önem taşır. 'Allah'ın isimlerini Öğreniyorum' serisini bu düşünceden yola çıkarak hazırladık. Masallardaki hayvan kahramanların başından geçen maceralarla çocukların dünyasında Allah'ın isimlerine bir pencere açmaya çalıştık.

Kitaplarımızın son sayfasında o kitapta Allah'ın hangi isminin ne yönüyle anlatılmaya çalışıldığına dair bir bilgi ve 'çocuğunuza anlatın/sorun' alt başlığı altında da masala konu olan ismin daha iyi kavranmasına yönelik sorular bulacaksınız.

Baskı, Cilt
Seçil Ofset
Tel: 0212 629 06 15
2011

TİMAŞ ÇOCUK

Cağaloğlu, Alemdar Mah.
Alay Köşkü Cad. No:5
34410 Fatih - İstanbul
Telefon: 0212 511 24 24
Belgegeçer: 0212 512 40 00
timascocuk.com

ELİF

R

BEN MİNİK BİR SERÇEYİM

Çevrenizde bana sık sık rastlayabilirsiniz. Çok dikkat çekici bir görünüşüm yok. Nağmeli bir ötüşe de sahip değilim. Bu özelliklerim sayesinde insanlar beni tutup kafese koymaya çalışmazlar. Etim fazla olmadığı için avcıların da ilgisini çekmem. Bazı yaramaz çocuklar da olmasa, çok rahat edeceğim aslında. Neyse, onların kurduğu tuzaklardan da uzak durmaya çalışıyorum.

İnsanların ambarlarındaki buğdaylar, evlerinin önüne döktükleri kırıntılar, doğadaki böceklerle beslenirim. Yuvalarımı ağaçlara, gözlerden uzak duvar oyuklarına yapabilirim. Biraz ürkeğim ama aslında bütün çocukları çok severim.

Ormanda güneşli bir gün yaşanıyordu.
Herkes sıcak havanın tadını çıkarırken Benekli, bir o yana bir bu yana telaş içinde uçuyordu. Benekli'nin bu halini fark eden sincap merakla sordu:

– Niye bu kadar telaşlısın Benekli?

Benekli, önce sincabın bu sorusuna biraz şaşırdı. Sonra,

– Sahi ben niçin bir o yana bir bu yana uçuyorum ki, dedi.

Sincap, Benekli'nin bu sözüne kahkahayla güldü:

– Bunu senden başkası elbette bilemez Benekli. İnan bana çok komik görünüyorsun, diyor bir yandan da dizlerine vura vura gülüyordu.

Benekli, sincabın bu tavrına sinirlenmişti. Kanatlarını hızla çırptı. Kanatlarından çıkan rüzgâr, sincabın dengesini kaybetmesine sebep oldu. Benekli gagası ile tutmasaydı, sincap az daha ağaçtan düşecekti.

Benekli,

– Ah! sincap Ah, dedi. Bilsen ne kadar heyecanlıyım. İlk defa yuva kurup yumurta yapacağım.

Sincap, Benekli'nin işinin gerçekten zor olduğunu biliyordu. Çünkü Benekli, çok unutkandı. Arkadaşını cesaretlendirmek için,

– Sakin ol Benekli, sen bunu başarırsın, dedi. Sonra yuvasına çekildi.

O günden sonra Benekli'nin telaşı daha da arttı. Bir o yana bir bu yana tıp tıp koşturuyor, bir o ağaca bir bu ağaca konuyor, hangisine yuva yapacağına bir türlü karar veremiyordu.

Kararsızca ormanda dolaşırken, dut ağacının altında, kirpiye rastladı. Kirpi, ağacın dibine dökülmüş olan dutları yemeye dalmıştı.

Benekli,

– Kirpi kardeş, sence hangi ağaca yuva yapayım, diye ona sordu.

Kirpi, yediği dutlardan başını kaldırmadan cevap verdi:

– Hım hım hım... Bence dut ağacına yapmalısın. Böylece yavruların doğunca üzerindeki dutlardan yerler.

Benekli, bu cevaba sevinmişti. Bir çığlık attı:

– Evet ya! Hemen dut ağacına yuva yapmaya başlamalıyım; hemen, dedi.

Verdiği fikir için kirpiye teşekkür ederek uçup gitti. Çünkü yapması gereken çok işi vardı...

Yuva yapmak çok zordu. Hele Benekli gibi unutkan bir kuş için...

Bulduğu tüyleri, ipleri sağda solda unutuyor, bir türlü onları bir araya getirmeyi başaramıyordu.

Ormandaki kuşlar, Benekli'nin zor durumda olduğunu fark etmişlerdi. Ona yardım etmeye karar verdiler. Benekli'ye bir sürü malzeme taşıdılar. Benekli de bu malzemelerle yuvasını yapmayı başardı.

Kendisine yardım eden bütün kuşlara teşekkür etti. Artık yuvasına oturup rahat rahat yumurtlayabilirdi.

Beneklinin eşi, kendi gibi unutkan değildi fakat onun da sakarlığı ormanda ün salmıştı.

Ormandaki hayvanlar,

– Biri unutkan, diğeri sakar... Bakalım bunların yavruları nasıl olacak, diyerek merakla beklemeye başladılar.

Çok geçmeden Benekli ve eşinin iki tane yumurtası oldu. Serçe çifti hem çok heyecanlı hem de çok sevinçliydiler.

Bir gün Benekli yuvasında dönerken yumurtalarından birini düşürdü. O sırada bay tavşan oradan geçiyordu. Benekli ona seslenmek istedi fakat korkusundan dili tutulmuştu.

– Ta ta ta ta diyor. Bir türlü, "Tavşan yumurtamı yakala!" diyemiyordu.

Allah'a şükür ki bay tavşan düşen yumurtayı fark etti ve hoplayarak yakaladı.

Ormandaki hayvanlar el birliği ile yumurtayı yerine koydular. Benekli bir daha düşürmesin diye de ipekböcekleri yumurtaları iplerle yuvaya bağladılar.

Fakat bu da işe yaramadı. Bu defa da Benekli'nin eşi yumurtaları yuvaları ile birlikte bir daldan diğerine düşürdü. Neyse ki dallar birbirine çok yakın olduğu için yuva yere düşmekten kurtuldu. Yumurtalar hâlâ sapasağlamdı. Benekli ve eşinin halini bir örümcek bulunduğu yerden gizli gizli izliyordu.

– Yardım etsem iyi olacak. Zavallı Benekli, yumurtaları kırılırsa çok üzülecek, dedi.

Yardımsever örümcek, Benekli'nin yem bulmaya gitmesini bekledi. O yuvadan uçar uçmaz çok sağlam bir ip yaptı ve tam yüz defa yuvayla ağaç arasında gitti geldi, gitti geldi. Böylece yuvayı ağaca sıkı sıkı bağladı.

Yuva şimdi çok sağlam olmuştu. Benekli'nin geldiğini görünce hemen ağaç yapraklarından birinin arkasına saklandı.

Benekli yuvasındaki ipi fark etmişti. Bu ip hem çok yumuşak hem de çok sağlamdı. Şaşkınlıkla eşine,

– Acaba bu ipin sahibi kim? Bu kadar sağlam bir ip yapmayı kimden öğrendi, diye sordu.

Benekli'nin eşi, ipin bir örümceğe ait olduğunu anlamıştı.

– Bu, örümceklerin ağ yaparken kullandığı ip, diyerek Benekli'ye açıkladı.

Benekli,

– Örümceğin sinekleri yakaladığı ip mi! Ama nasıl bu kadar sağlam olur, diye şaşkınlıkla sordu.

Beneklinin eşi,

– Allah, Alîm ismi ile örümceğe en sağlam ipi nasıl yapacağını öğretiyor, tıpkı bizlere nasıl yuva yapacağımızı öğrettiği gibi, diyerek konuşmasını sürdürdü.

Benekli ve eşi, bir süre sonra yumurtalarının üzerinde uyuya kaldılar...

Ertesi sabah altlarında bir kıpırtı hissederek uyandılar. Yumurtalar sağa sola hareket ediyor, her birinin içinden tıp tıp sesler geliyordu. Çok geçmeden çatırdayarak kırıldılar.

Yumurtaların içinden iki sevimli serçe yavrusu başını uzattı. Serçe ailesinin mutluluğu görülmeye değerdi.

Benekli ile eşi, yavrularının yumurtadan çıkmasını neşeli şarkılar söyleyerek kutlarken yuvalarını düşmekten koruyan esnek ip, hâlâ yuvayı korumaya devam ediyordu.

Onların mutluluğunu izleyen örümcek, 'Alîm' olan Allah'a, ona diğer hayvanlardan farklı olarak ip yapımını öğrettiği için binlerce kez şükretti.

Ağacın diğer yanında yavrularını seven Benekli'yse şöyle dua ediyordu: "Allah'ım ben yavrularıma bu iyiliği yapan örümceği tanımıyorum ama sen her şeyi bilensin. Onu da biliyorsundur. Lütfen! Lütfen! Ona teşekkürlerimi bildir."

Benekli'nin bu duasını, yaprağın altından dinleyen örümcek çok mutlu oldu.

Yumurtadan yeni çıkan minik serçelerse her şeyden habersiz "cik cik cik" diye ötüşüyorlardı.

DEĞERLİ EĞİTİMCİLER ve EBEVEYNLER...

Bu masalda Allah'ın '**Alîm**' ismini içerdiği '**gizli açık her şeyi bilen'** ve **'yaratılmışları birbirlerinden farklı bilgilerle donatan**' anlamlarıyla çocuklarımıza öğretmek amaçlanmıştır. Çocuklarımızın bu masal yardımıyla Allah'ın 'Alim' ismi hakkında edindikleri bu ön fikir, ileride bu ismi çok daha iyi kavramalarına destek olacaktır.

Çocuğunuza anlatın/sorun:

1. Gizli açık her şeyi bilen, serçeye yuva yapma, örümceğe ağ örme bilgisini öğreten kimmiş?

2. Allah 'Alîm' ismiyle her şeyi biliyor.

- Karanlıkta tek başımıza yaptıklarımızı
- Aklımızdan geçenleri
- Çok uzakta annelerini bekleyen yavru kuşları
- Toprağın altında yuva yapan karıncaları...

Düşün ve anlat bakalım, Allah 'Alîm' ismiyle başka neler neler biliyor?...

3. Allah 'Alîm' ismiyle karıncaya yerin altına yuva yapma, örümceğe ağ örme bilgisini vermiş. Başka hayvanlara da başka başka bilgiler öğretmiş. Aşağıdaki hayvanlara bakarak Allah'ın öğretmesiyle yaptıkları işleri eşleştirir misin?

4. Allah bütün hayvanlara yapacakları işleri öğretmiş. İnsanlara da öğrenebilme yeteneği vermiş. Sen de uçak yapmayı öğrenip gökyüzünde seyahat edebilir, gemi yapmayı öğrenip denizlere açılabilirsin. Başka neler öğrenip neler yapmak istersin?...